LA VÉRITÉ

SUR

LE CAS DE M. CHAMPFLEURY

Alençon. — Imp. de Poulet-Malassis et De Broise.

HIPPOLYTE BABOU

—

LA VÉRITÉ

SUR

LE CAS DE M. CHAMPFLEURY

PARIS

POULET-MALASSIS ET DE BROISE

3, rue de Buci.

—

1857.

A M. CHAMPFLEURY

Vous avez eu le singulier courage de me demander cette étude, déjà publiée dans la Revue Française, *pour la placer en tête de vos* OEuvres complètes. *Je la réimprime aujourd'hui pour vous épargner la peine d'aller la chercher dans la collection de la* Revue. *Ma petite brochure vous rappellera le joli format de votre* Gazette : *elle garde ainsi une petite chance de vous plaire, car elle a un trait de ressemblance avec votre pauvre trépassée.*

HIPPOLYTE BABOU.

LA VÉRITÉ

SUR

LE CAS DE M. CHAMPFLEURY

—

LE DOCTEUR GAP A SON AMI C...

Barcelonnette, 25 décembre 1856.

Voici une lettre, mon cher ami, qui vous sera directement remise par M. Hippolyte Babou.
Le connaissez-vous un peu, ce sévère et hardi
praticien? *Si vous le connaissez, tant mieux !*
Dans votre situation, il n'est pas toujours bon
d'avoir affaire à de nouveaux visages. Si vous
ne le connaissez pas, résignez-vous à le rencon-
trer : il n'est pas trop tôt, croyez-moi. Votre
cas est grave, très-grave, et lui seul, à mon avis.

lui seul peut couper court à un mal déjà invétéré (1).

Durant le séjour qu'il a fait tout récemment en province, j'ai eu l'occasion de m'entretenir souvent avec lui. Vous n'avez pas oublié sans doute qu'à Paris même, à l'époque où j'étais encore étudiant, j'avais pris un goût assez vif pour l'étude des maladies littéraires. Presque tous les écrivains de ce temps me semblaient infirmes ou invalides, aliénés ou épuisés, gravement atteints dans leurs organes essentiels ou légèrement atteints à l'épiderme. C'était ma manie, vous le savez ; je faisais, pour me divertir, de la critique littéraire au point de vue médical. Mon bonheur eût été de fonder une maison de santé où j'aurais mis le génie à la diète et le talent au régime. J'avais inventé l'esthétique curative, vous en souvenez-vous ? et je me croyais passé maître dans cette science nouvelle : mais je n'étais, hélas ! qu'un demi-Vespuce, et j'ai rencontré mon Christophe Colomb.

(1) Nous protestons de toute notre force contre les éloges outrés du docteur Gap ; mais nous ne voulons rien changer à sa lettre, qui se comprendrait difficilement si on la tronquait par des scrupules de modestie.　　　　H. B.

Ah ! mon cher ami, consultez au plus vite
M. Hippolyte Babou : voilà le vrai médecin et
le vrai chirurgien des gens de lettres ! Que
d'observations il a réunies sur les tempéraments
des romanciers, des poètes et des feuilletonistes ! Comme il m'a clairement déduit les effets
désastreux des deux maladies principales dont
on voit chaque jour les tristes résultats chez les
éditeurs parisiens ! Oui (son opinion est la
mienne), vous avez tous, plus ou moins, en
germe ou en plein développement, ces deux
maladies régnantes : la jaunisse et l'hydropisie
littéraires. La jaunisse, qui a pris naissance dans
les caves et les sous-sols du réalisme ; l'hydropisie, qui n'est à proprement parler, qu'un en-
gorgement d'amour-propre, une pléthore de
vanité.

Tâtez-vous et mirez-vous, mon pauvre Champfleury. Vous êtes plus que tout autre un écrivain hydropique, et vous faites incontestable-
ment de la littérature jaune.

Avez-vous du moins conscience de votre mal?
M. Hippolyte Babou prétend que vous l'igno-
rez, et que c'est là le plus grand obstacle à
votre guérison. Il faut donc vous démontrer

1.

que vous êtes malade, afin que vous ne repous-
siez pas le médecin. Je me suis chargé de cette
mission délicate : écoutez-moi donc, c'est pour
votre bien. Vous me remercierez un jour de
vous avoir écrit cette lettre, dont l'unique but
est de vous préparer à entrer en traitement.

I

J'ai là, sous les yeux, vos derniers romans :
*Grandeurs et Misères de la vie domestique : M. de
Bois-d'Hyver* et la *Succession Le Camus ;* j'ai reçu
de plus quelques numéros de votre *Gazette*
et du journal *Réalisme* publié par des jeunes
gens qui se disent vos élèves et vos amis. On
n'aurait qu'à jeter un coup d'œil sur ces divers
écrits pour y retrouver les symptômes du mal
qui vous tient. Mais permettez-moi de remonter
un peu plus haut dans votre carrière d'homme
de lettres ; « .e mal vient de plus loin, » et je
suis obligé de vous en révéler la source, pour
vous en décrire les progrès avec une évidence
absolue.

Je vous ai connu à vos débuts, mon cher ami, et vous étiez déjà un *cas* fort intéressant pour un observateur médical. Les racoleurs de l'ancien régime menaient boire autrefois des clercs de procureur dans les cabarets du quai de la Ferraille, et, quand ces pauvres clercs avaient cuvé leur petit vin blanc, ils se réveillaient soldats du roi sur la porte même des cabarets. Si ces guerriers improvisés compromettaient par hasard le régiment, ce n'était certes pas tout à fait leur faute. On leur avait mis par surprise un mousquet dans les mains. Soldats de raccroc et mauvais soldats, ils eussent été peut-être de bons procureurs. Je n'ai jamais ouï-dire qu'un racoleur littéraire vous eût mis par surprise une plume au bout des doigts. Vous êtes entré librement, n'est-ce pas? dans la difficile carrière des lettres. Aviez-vous senti dans votre enfance la flamme secrète de la vocation? Vous êtes-vous jamais débattu contre ces diables bleus qui lancent les imaginations dans l'espace à la poursuite de la gloire poétique ? Avez-vous couru seulement une fois ou deux, à travers champs, sur les traces de la Muse qui ne vole pas, mais qui marche avec tant de grâce, *Musa*

pedestris ? Je vous vois du coin de ma cheminée
sourire de pitié à ces questions ingénues. Vous
ne croyez pas plus à la Muse qu'aux revenants.
Qu'est-ce que c'est que la Muse ? où loge-t-elle ?
où travaille-t-elle ? où la voit-on le dimanche ?
Pour se préoccuper de ces allégories enfantines,
il faut être bourré de latin et de grec, et con-
naître sa mythologie comme un jeune bachelier. Or vous n'êtes pas bachelier, que je sache,
et vous abandonnez aux pédants le soin de com-
menter sans fin, pour l'enseignement de la jeunesse, ce précepte ridicule d'Horace, un ancien
membre du Caveau qui croyait naïvement à la
Muse

..... Exemplaria græca
Nocturna versate manu, versate diurna.

Quant à la vocation, c'est encore une illusion,
n'est-ce pas ? une fable inventée par les paresseux qui ne voient dans la littérature qu'une
profession en plein air, commode à pratiquer
du soir au matin ou du matin au soir, parce-
qu'elle n'oblige personne à siéger de dix à
quatre heures devant un bureau d'employé ? A
votre avis, sans doute, on peut et on doit em-

brasser la littérature sans vocation comme on
se marie sans amour. Un ménage littéraire res-
semble à tous les ménages. L'amour et la vocation sont des fruits de l'habitude et des résultats
du travail. Ah! ce n'est certes pas vous qui au-
riez rimé l'*Ode à la paresse* de M. Alfred de
Musset. Le modèle et le prototype de l'écrivain,
c'est évidemment l'employé. Il n'y a dans ce
monde que les romantiques pour se figurer que
la paresse est la condition même de l'activité
féconde, et que la verve et l'inspiration jaillis-
sent d'un mystérieux réservoir formé goutte à
goutte dans les grottes d'azur de l'imagination.
On le devinerait à vous lire, vous n'avez jamais
eu la tentation d'être paresseux. Si le temps est
de l'argent, comme disent les Américains, il est
évident que vous avez bien placé votre avoir.
Vous êtes le Titus du petit capital littéraire :
vous n'avez pas perdu une minute, vous n'avez
pas chômé une journée ! Une question de salaire
eût pu seule vous mettre en grève, vous et toute
cette tribu d'employés-écrivains qui prononcent
si haut ces gros mots industriels de *travail*, de
salaire, de *propriété littéraire*, inconnus autrefois dans cette république des lettres qui a long-

temps habité sur des gondoles, comme Venise, entre le ciel et l'eau. Oui, vous êtes des travailleurs, vous êtes des employés, et vous ne songez qu'à devenir des propriétaires perpétuels et inviolables, à jamais protégés contre les chances de toute expropriation. Les rédacteurs du journal *Réalisme*, vos amis, ont parfaitement compris qu'en littérature il *ne* s'agissait point d'utilité publique, mais d'utilité particulière et d'intérêt personnel. Réalistes et travailleurs, pour arriver à la dignité de propriétaire, voilà le point de départ et le but de votre école ; je dis mieux, de vos bureaux de copie et d'expédition.

Successeurs immédiats des bohêmes romantiques, ces derniers venus (réalistes ou travailleurs, comme il vous plaira) n'ont certainement rien de commun avec leurs devanciers. Les bohêmes, en effet, n'étaient pas sans noblesse : ils avaient de qui tenir ; ils professaient fièrement le culte du beau. Religion stérile, sans doute, pour la plupart d'entre eux : car la foi sans les œuvres est une lettre morte, et la liste de leurs œuvres n'est pas longue. Esprits contemplatifs, paresseux et casuistiques, ils croyaient sans pratiquer et discutaient sans agir.

Mais leur oisiveté même ne témoigne-t-elle pas
en leur faveur ? Souvent incapables de réaliser
leur idéal, ils restaient suspendus dans le vague
de leurs rêves, plutôt que de les dénaturer par
une impuissante traduction. L'obscurité dans la
pauvreté ne les effrayait pas. Ils la préféraient
sans hésiter au banal éclat et à la valeur indus-
trielle d'un nom transformé en marque de fa-
brique. « Ne fît-on que des épingles, disait Diderot, il faut être enthousiaste de son métier
pour y exceller.... Au moment où l'artiste pense
à l'argent il perd le sentiment du beau. On ver-
serait des sacs d'or aux pieds du génie, qu'on
n'on obtiendrait rien, parce que l'or n'est pas sa
véritable récompense. Réduisez-le à dormir sur
un grabat, dans un grenier ; ne lui laissez que
de l'eau à boire et des croûtes à ronger, vous
l'irriterez et vous ne l'éteindrez pas. Le génie
travaille en enrageant et en mourant de faim. »
Hôtes du grenier ou de la belle étoile, rongeurs
de croûtes, buveurs d'eau, et quand ils travail-
laient, ouvriers en épingles, mais ouvriers en-
thousiastes qui faisaient d'une épingle un bijou,
tels étaient ces pauvres diables qu'on a trop ridi-
culisés et trop blâmés ; ils étaient dans la répu-

blique des lettres de nobles fainéants ; et cela ne vaut-il pas mieux que d'inutiles travailleurs, froids et secs, *pensant à l'argent*, selon le mot de Diderot, et niant l'enthousiasme, en haine de l'idéal ?

Pour moi, quand je vous ai vu travailler, il y a déjà plus de dix ans, avec une régularité automatique, j'ai songé tout d'abord, non-seulement au zèle maladif de l'employé ambitieux, mais encore à l'activité du prisonnier qui évide avec un clou des noix de coco, à l'entêtement tenace du berger des Alpes qui taille avec son couteau des têtes de canne dans une petite bûche de bois blanc. Ni le prisonnier, ni le berger ne se préoccupent de sculpture. Ils sont néanmoins sculpteurs au même titre que vous êtes vous-même littérateur. Ils trouveraient peut-être la *Vénus de Milo* invraisemblable, comme vous trouvez le *Cid* absurde et académique. Où a-t-on jamais rencontré une femme comme cette Vénus ? diraient-ils, comme vous me disiez un jour en riant aux éclats : Dans quel monde ont donc existé des êtres semblables à Rodrigue et à Chimène ! Et ces bonnes gens sortiraient du Louvre avec les bouffées de gaîté qui agitaient vos poumons devant les chefs-d'œuvre du Théâtre-Français ! O naïve ignorance ! ô rustique sim-plicité ! je vous admirais franchement en ce temps-là, parce que vous déployiez sans apprêt toutes les fatuités enfantines d'une bonne foi de Huron ou de Groënlandais. Le nom seul de science, la seule pensée de l'étude, vous jetaient aussitôt dans des quintes d'hilarité. Vous pro-nonciez ces trois syllabes : « Un savant, » avec des gestes de comédie qui auraient rendu Poli-chinelle rêveur. Et si vous parliez des critiques, des académiciens, des professeurs, des écri-vains romantiques, on aurait juré que vous aviez devant vous un tas de poussahs, de mandarins et de magots. A quoi bon la critique, à quoi bon la science, à quoi bon l'enseignement, à quoi bon la poésie, à quoi bon l'élégance et la correction du style, à quoi bon les règles de la syntaxe et la tyrannie de la grammaire ? Je me rappelle un bon mot qui vous échappait souvent à pro-pos de vos solécismes : « C'est l'affaire du prote qui corrige mes épreuves, » disiez-vous avec finesse. Mais le prote me semblait toujours né-gligent ou distrait, quand je parcourais vos pe-tits écrits massifs et empêtrés comme des Her-

mès d'hôtel garni. Convenez que vous avez
toujours gardé le même prote, et que vous
n'avez pas eu un seul instant l'envie d'en changer. Et vraiment c'eût été dommage de renon-
cer à ce bouc émissaire que vous poussiez si
gaiement du côté de vos critiques, tout chargé
à son insu du poids de vos iniquités gramma-
ticales.

Ah! le prote! le prote! je n'y ai pas cru
long-temps, moi qui vous voyais tous les jours.
Plus je vous observais, plus vous donniez raison
à mes craintes amicales sur l'état pathologique
de votre esprit. J'avais deviné, sans effort, l'in-
firmité radicale de votre organisation. Il vous
était impossible de saisir la valeur exacte d'un
mot, de déterminer les rapports logiques de
plusieurs mots entre eux, de couler la moindre
pensée dans un moule de phrase irréprochable.
Votre cerveau manquait évidemment d'atomes
crochus, de certaines fibres intermédiaires ou
de certaines ramifications nerveuses indispen-
sables au va-et-vient des idées. Et c'est ce qui
explique chez vous tant de termes impropres,
tant de *virements* d'expression, tant de méprises
sur les temps et les modes des verbes, tant

d'insouciance apparente au sujet des participes, tant de pléonasmes où il faudrait des ellipses, et tant d'ellipses étranges qui semblent exiger un commentaire mimique. La faculté de raisonner, c'est-à-dire de lier entre elles non-seulement deux propositions très-simples, mais les parties mêmes d'une proposition élémentaire, cette faculté-là vous a été presque entièrement refusée. Ne pouvant réussir à comprendre l'économie du langage écrit, vous vous êtes levé un beau matin avec une excellente inspiration. La rampe fumeuse du théâtre des Funambules avait jeté un pâle reflet dans votre cervelle ; vous rêviez d'Arlequin et de Pierrot ; l'art de Debureau, si paradoxalement vanté en toute occasion par les Charles Nodier, les Jules Janin, les Théophile Gautier, cet art, franc de syntaxe, vous avait paru s'adapter merveilleusement à vos facultés antigrammaticales. On joua quelques pantomimes de votre façon, et des feuilletonistes indulgents essayèrent de vous attacher par des éloges à cette littérature de sourd-muet. Étiez-vous donc passé maître tout d'un coup dans cet art symbolique, où tant de poésie scintille sous de grossiers emblêmes, où tant de philosophie se joue sur trois ou quatre masques invariables ? La philosophie et la poésie n'avaient point illuminé de leurs rayons votre batte et votre farine. C'était la première fois, je pense, qu'il se produisait aux Funambules des pantomimes sans lumière et sans couleur. On les appela quelques jours, vous les appelâtes vous-même des *pantomimes réalistes.* Une pantomime réaliste ! Autant dire une perle opaque ou un soleil ténébreux.

Il ne tint qu'à vous, dès lors, de vous proclamer l'inventeur d'un genre nouveau. Combien de temps a duré cette belle invention ? Vous seriez le premier aujourd'hui à confesser qu'elle est tombée dans l'oubli. Eh bien ! mon cher ami, ne vous pressez pas trop de faire cet aveu, car, à mon avis, vous vous tromperiez gratuitement. Relisez vos écrits de jeunesse et vos plus récentes productions, relisez-les avec l'impartialité d'un simple lecteur, et vous verrez bien qu'avant et après ses succès des Funambules, mon ami Champfleury a presque toujours fait, à son insu, des pantomines réalistes, ou du moins quelque chose d'approchant. La langue singulière que parlent les personnages de ses nou-

velles et de ses romans a le principal carac-
tère du langage mimique : l'universalité. Il
serait injuste de soutenir que ses solécismes et
ses barbarismes sont des fautes de français ; ce
serait tout aussi bien des fautes d'anglais, d'al-
lemand, d'indoustani et même d'iroquois, parce
qu'elles portent atteinte à la syntaxe naturelle de
tous les peuples. S'il n'y a pas là un signe incontestable d'universalité, je renonce désormais
à parler ma langue et je me résigne à parler la
vôtre. L'intéressante analogie que je viens de
signaler se montrerait encore par d'autres rap-
prochements. J'ai prié un soir le successeur le
plus célèbre, de Debureau de m'interpréter à
haute voix certains passages de vos écrits. Il se
mit à lire et à gesticuler en même temps : mais
ses jeux de physionomie et ses gestes avaient
plus de part que sa voix à cette curieuse inter-
prétation. Quel trait de lumière et quelle mer-
veille ! plus d'ellipses ! plus de lacunes ! une
adroite grimace comblait tous les vides de l'expression. Les phrases traînantes ou boiteuses,
les redondances et les pesanteurs de style, les
plus étonnantes gaucheries, disparaissaient tout
à coup sous une chatoyante broderie de gam-

bades, de pirouettes, de petites mines de singe
et de petits cris de souris.

— Champfleury est un puriste ! m'écriai-je
après cette scène de Pierrot. Mais, Pierrot dis-
paru, le prestige et le charme me parurent
manquer décidément à ce genre de littérature
que j'appelle encore pantomime réaliste. Ce mot
de *réaliste* (je m'en souviens toujours comme
si c'était hier), ce terrible mot d'ordre adopté
par vous et par M. Courbet, me donna de véri-
tables alarmes quand je vous l'entendis pro-
noncer.

— Réaliste ! réalisme ! Qu'est-ce que cela si-
gnifie ? — Et je regardai avec inquiétude au
fond de votre pensée.

— Lisez cette nouvelle ! Contemplez ce tableau ! Voici le réalisme en peinture, et voilà
le réalisme en littérature.

Je détournai les yeux du tableau, mais je lus
attentivement la nouvelle ; celle-là et bien d'autres signées du même nom. Je me trouvais
transporté dès la première ligne dans une so-
ciété de Lilliputiens. Il me fallut regarder
presque à terre pour examiner de près le monde
microscopique où j'avais mis le pied. Tous ces

êtres de convention étaient uniformément petits, maigres, mesquins, plats, secs, décolorés.
Je les considérai à la loupe, afin de savoir si,
dans leur petitesse, ils gardaient du moins
forme humaine. Je m'aperçus très-vite qu'on
avait bridé des oisons, habillé des poupées,
suspendu des marionnettes, mais qu'en fait de
créature humaine il n'y avait pas même un
nain de Laponie dans cette collection de jouets
d'enfants. Je cassai un petit fil, et la compagnie
tout entière roula sur le carreau. Que de jou-
joux à raccommoder ! Et nous étions à la veille
des étrennes. Il n'était plus possible d'exposer
en vente au jour de l'an ni les *Contes de prin-
temps*, ni les *Contes d'automne*, ni les *Contes
d'été*, ni les *Contes d'hiver*. Quant aux *Aventu-
res de Mariette*, hélas ! elles n'offraient plus
qu'un pêle-mêle informe de poussière et de
débris.

Alors je renouvelai machinalement ma question : Qu'est-ce que le réalisme ? — Et je me
permis d'ajouter : — Ne serait-ce pas le rachitisme ?

Nous avons failli nous brouiller pour cette
méchante saillie. Me pardonnerez-vous de la

répéter ? J'étais votre ami sans doute et je le
suis encore ; mais je suis aussi médecin , et
c'est à ce titre que j'ai dû étudier malgré moi
le malade dans l'ami. Quand j'eus découvert
que , littérairement , réalisme et rachitisme
étaient deux termes identiques, je compris très-
vite pourquoi toute votre littérature me semblait jaune. La pauvreté de l'organisation, jointe
aux fatigues incessantes d'un travail opiniâtre,
avait amené jour à jour une espèce de décom-
position dans votre machine intellectuelle, où
la bile et le sang se mêlaient de plus en plus.
La teinte maladive du souci envahissait peu à
peu vos facultés : vous aviez évidemment la
jaunisse littéraire, et comme je passais en ce
moment mon examen de docteur, j'eus toutes
les peines du monde à ne pas choisir votre
maladie pour sujet de ma thèse. Mon diplôme
obtenu, je partis pour la Provence , et je vous
perdis de vue jusqu'à mon retour à Paris.

II

M. de Balzac venait de mourir. Je vous trou-
vai préoccupé, rêveur, somnolent. Vous vous
endormîtes un soir, dans ma chambre, en me
récitant les pompeux discours prononcés sur la
tombe du grand romancier. Votre sommeil ne
dura guère ; mais il fut agité, pénible, et comme
traversé par de sinistres visions. Des paroles
entrecoupées s'échappaient de vos lèvres ; je
recueillis celles-ci qu'une espèce d'idée fixe ra-
mena plusieurs fois : « Balzac grand homme !
Balzac bourreau (1) ! »

Quand je vous réveillai de ce mauvais rêve (et
ce ne fut pas sans effort), je vous regardai en
murmurant tristement : « Balzac *revient*, vous
êtes hanté par Balzac ! »

---

(1) Nous ne garantissons pas les petits faits racontés par
le docteur Gap. Ils n'ont de valeur à nos yeux que parce
qu'ils contiennent une bonne dose de vérité critique.

H. B.

Contraste insuffisant

NF Z 43-120-14

Nous causâmes long-temps ce soir-là. Une seule pensée défraya, sous mille formes, notre conversation. Quelle formidable *volonté* avait ce Balzac ! Il a été un grand romancier, tout simplement parce qu'il l'a *voulu*. Ses personnages n'ont qu'un mérite : ils *veulent* fortement comme lui-même.

L'énigme de votre singulière vocation littéraire n'existait plus pour moi. Vous n'étiez pas entré librement dans les lettres comme je l'avais cru tout d'abord. Vous aviez eu votre racoleur; Balzac vous avait grisé avec sa théorie de la volonté. Travail opiniâtre, fausse vocation, tout en vous, jusqu'à votre jaunisse d'esprit, tout émanait directement de Balzac. Personnage détaché de la *Comédie humaine*, ô le plus malheureux de tous les balzaciens, vous avez *voulu*, vous aussi, et *voulu* fortement ; mais au prix de quelles angoisses, juste ciel ! « Balzac grand homme ! Balzac bourreau ! »

Et pourtant, puisque Balzac est mort, comment résister à l'envie de créer par la volonté un autre Balzac ?

Tel était votre dessein, mon cher ami, telle était votre volonté, convenez-en, quand je repartis pour la Provence. Il ne fut plus question de réalisme entre nous, ou du moins , si le mot tomba par hasard de votre bouche , ce fut avec un de ces sourires d'hommes d'Etat qui accompagnent toujours « les mots pour les masses. »

Ne me dites-vous pas alors que, frappé des connaissances de votre maître, vous étudiiez à la fois Bichat, Geoffroy-Saint-Hilaire et madame Guyon? Je rentrai à Barcelonnette, épouvanté des recherches nouvelles auxquelles vous vous livriez sans défense. Je songeai, malgré moi, à la fable de la grenouille qui veut se faire aussi grosse que le bœuf, et, par amitié pour la rainette Champfleury, je maudissais cordialement ce taureau de Balzac !

III

Oui, sans doute, mon cher ami, la volonté est une des plus puissantes forces humaines : elle transporte les montagnes comme la foi ! Mais peut-elle soulever des Pyrénées au beau milieu de la Sologne ? Peut-elle faire tout-à-coup un

poète d'un notaire, un sculpteur d'un bimbelot-
tier, un peintre d'un imagier d'Epinal? Elle
vous a frayé à coups de pioche le chemin des
journaux et des revues ; elle vous a ouvert
avec effraction la porte rouillée des éditeurs.
Elle vous a donné des lecteurs dans les ateliers
de photographie, et même des disciples parmi
les vieux jeunes gens qui font depuis dix ans
l'école buissonnière. Elle a jeté sur vos pas une
joyeuse bande de railleurs que vous avez eu la
naïveté de prendre pour des ennemis. Vous
avez enfin une certaine notoriété que le mérite ne
saurait envier, il est vrai, mais qui doit passer
à vos yeux pour une renommée éclatante et
peut-être même pour la gloire.

C'est la volonté, je l'avoue, qui a fait tout
cela. La question serait de déterminer ce qu'elle
n'a pu faire et ce qu'elle ne fera jamais dans ce
monde, tant qu'elle ne sera pas maîtrisée par
une intelligente impulsion.

Prenons un exemple au hazard. Je vous ai
connu autrefois très-ignorant, et tirant hardi-
ment vanité de votre ignorance. M. de Balzac,
Hoffmann et Diderot étaient seuls admis dans
votre bibliothèque. La mouche de la curiosité

(une mouche du coche parfois) vous a mené
tant bien que mal, moitié bourdonnant, moitié
piquant, jusque dans ces vastes dépôts de la
science où les livres ne laissent souvent que de
la poussière aux mains des lecteurs improvisés.
Comment êtes-vous sorti de ces lieux de rafraî-
chissement, de lumière et de paix? un peu
plus échauffé, un peu plus aveugle, un peu
plus troublé que vous ne l'étiez en y entrant.
Si vous aviez le courage d'être sincère, vous
confesseriez que vous avez presque toujours
imité ce soldat blessé qui avalait d'un seul trait
le liquide destiné à humecter sa blessure. Que
de perles vous avez dû absorber sans les faire
dissoudre dans le vinaigre! Que d'étoupes en-
flammées ont brûlé votre bouche, sans se trans-
former sur vos lèvres en rubans irisés, comme
vous vous y attendiez peut-être d'après les pro-
diges des magiciens en plein vent? La pléthore
a commencé, mon pauvre Champfleury, et avec
elle l'hydropisie, le jour même où, les yeux
fixés sur le majestueux embonpoint de Balzac,
vous vous êtes mis à engloutir avidement tant
de matériaux indigestes qui ne pouvaient que
boursouffler votre maigreur.

2.

Je ne prétends pas discuter vos deux derniers romans, *M. de Bois-d'Hyver* et la *Succession Le Camus,* dans le but de vous montrer un à un tous les symptômes de votre nouvelle maladie. L'imitation de Balzac y est flagrante, dans vos personnages de prêtre idiot et de vieille fille. J'ajoute pourtant qu'avec les meilleures intentions d'atteindre au *comique,* vous arrivez tout au plus à l'*espiègle,* ou, pour mieux dire, au *cocasse.* Quand Balzac découvre les toits ou perce les murs pour donner un champ libre à l'observation, vous parlez insidieusement au portier, vous vous glissez le long des clôtures, vous pratiquez de petits trous dans les cloisons, vous écoutez aux portes, vous braquez votre lunette d'approche, la nuit, sur les ombres chinoises qui dansent au loin derrière les vitres éclairées ; vous faites en un mot, pour votre compte, et dans l'intérêt de vos inventions romanesques, ce que nos voisins les Anglais appellent dans leur pruderie *police détective!* Et c'est ainsi qu'avec *M. de Bois-d'Hyver,* ou *Grandeurs de la vie domestique,* et avec la *Succession Le Camus,* ou *Misères de la vie domestique,* vous croyez avoir posé les fondements

de votre monument balzacien, d'une nouvelle
Comédie humaine peut-être !

Désormais plus de style plat : vous visez le
plus souvent au style métaphorique et hyperbo-
lique : ce qui est un symptôme incontestable
d'hydropisie littéraire.

Que de phrases, dans *M. de Bois-d'Hyver*,
semblables à celle-ci : « Le pépin du mécanten-
tement devait produire un arbre touffu sous le-
quel s'abriteraient les mauvaises langues. »

Que de métaphores, dans la *Succession Le
Camus*, exactement pareilles à la suivante :
« Que se passait-il sous le bandeau de madame
Le Camus ? femme maladive, accroupie depuis
vingt ans dans son fauteuil, dormant rarement;
l'humanité prenait-elle la couleur amère de l'ab-
sinthe ou de l'abat-jour qui protége ses yeux ? »

Et vous prétendez, après cela, dans votre
Gazette de Champfleury (la *Revue parisienne*
ne s'appelait pas *Revue de Balzac*), vous prétendez donner des leçons de grammaire et de style
aux critiques peu délicats qui, selon votre poétique expression, mangent à la gamelle des
journaux!

Ah ! cette *Gazette!* cette *Gazette!* L'hydropi-

sie littéraire s'y trahit encore bien plus que
dans vos romans. C'est là que vous vous gon-
flez à outrance de manière à faire tenir dans
votre peau, non-seulement un romancier, mais
encore un historien littéraire, un critique, un
grammairien et un chroniqueur. Balzac avait
attaqué M. Sainte-Beuve dans sa *Revue ;* vous
voilà, dans votre *Gazette,* essayant d'anéantir
M. Barbey d'Aurevilly. Ce morceau de critique,
où la hauteur de vues de M. Prudhomme s'unit
à l'agréable malice de Cabrion, vous autorise
désormais à traiter comme des misérables les
critiques de profession. Vous avez déjà salué
M. Babou du petit nom de *Bazile,* et vous avez
appelé M. Ulbach *sergent de ville ;* ce dernier
vous a aussitôt répondu par le mot de *goujat ;*
mais M. Babou s'est contenté de sourire, comme
un médecin qui serait insulté par son malade.
Il ne vous gardera pas rancune, soyez-en bien
sûr. Adressez-vous à lui, sinon pour votre jaunisse, déjà trop ancienne, du moins pour votre
hydropisie, qui, j'ose l'espérer, n'est pas encore
devenue incurable.

Je ne saurais trop vous le répéter, mon cher
ami, votre cas est des plus dangereux qui se

soient présentés depuis long-temps en littérature et en médecine. Hâtez-vous d'y remédier : vous en serez quitte pour une ponction que M. Babou exécutera d'une main ferme et légère, avec un petit stylet d'argent. L'opération faite, vous ne recouvrerez pas, je le crains, votre pleine santé littéraire, mais vous pourrez désormais écouter avec plus de calme, dans le recueillement de la méditation, cette voix intérieure qui vous crie au milieu des vaines disputes de ce monde :

— Ecrivez, greffier !

LE DOCTEUR GAP.

N. B. N'en déplaise à M. le docteur Gap, je ne pratiquerai pas de ponction, parce qu'il m'est impossible de reconnaître à la critique une vertu curative. Que ferais-je d'un stylet d'argent ? Je me borne à user de ma plume et ne voudrais pas la changer en outil de chirurgie.

HIPPOLYTE BABOU.

www.ingramcontent.com/pod-product-compliance
Lightning Source LLC
Chambersburg PA
CBHW061607180626
46818CB00005B/1985